AF503549

EN FAMILLE

MONOLOGUE

A LA MÊME LIBRAIRIE

Imprimerie générale de Châtillon-sur-Seine. — J. Robert.

G. MOYNET

EN FAMILLE

MONOLOGUE

DIT PAR

COQUELIN CADET, *de la Comédie-Française*

DESSINS DE

A. SAPECK

PARIS

PAUL OLLENDORFF, ÉDITEUR

28 *bis*, RUE DE RICHELIEU, 28 *bis*

—

1881

Tous droits réservés.

Il a été tiré :

25 exemplaires numérotés sur
papier vergé de Hollande ;

15 — sur papier de Chine ;

4 — sur papier du Japon.

A Coquelin Cadet.

EN

FAMILLE

—

J'AVAIS un oncle, — mon oncle Rodolphe, — un très brave homme ; — il s'est marié, — avec une femme, — elle est morte — nous l'avons enterrée. Quelle noce, mes amis !

On a bu quarante-six litres à son enterrement !

J'en sais quelque chose ; — c'est moi
qui les ai payés.

Mon oncle, au lieu de se tenir
tranquille..... non, il faut qu'il
se remarie, — avec une femme,
encore ; — une autre !

Celle-là ne meurt pas, elle avait trop
bonne santé ; c'est mon oncle qui y
passe.

Alors nous l'enterrons.

Quelle noce mes amis !  Comme c'était un homme, on boit quatre-vingt-douze litres à son enterrement.

J'en sais quelque chose ; — c'est moi qui les ai payés.

a veuve, qui était donc ma tante, se remarie à son tour au bout de ses onze mois,— avec un homme, cette fois, — un tout jeune, — bien plus jeune que moi.

Voilà ce gamin qui m'appelle son neveu, qui me tutoie et me défend d'en faire de même sous prétexte que ça n'est pas respectueux !

Non content de la chose, il vient dîner chez moi et m'y amène ses frères et ses sœurs, mariés, les uns et les autres, soit avec des hommes, soit avec des femmes, pourvus également de frères et de sœurs, mariés dans des conditions semblables.

Tout cela accourt chez moi. — Dans la famille, on n'aimait que le lapin,  le lapin aux pommes de terre. Je passais mon existence à leur cuisiner du lapin aux pommes de terre !

Après un bon bout de temps, je me dis :

— Il faut que cette mécanique-là ait une fin ; je vais me marier aussi, moi ! — avec

une femme, pour faire comme tout le
monde ! Elle flanquera ma famille à la
porte !

Je cherche et je tombe sur une petite

fille, bien gentille ; — une enfant trouvée,
— sans parents, quoi ! Bonne affaire ; —
j'épouse.

Le lendemain des noces, elle balaie mes
oncles et mes tantes avec une rare élé-
gance.

Malheureusement, au bout de six semaines, ne retrouve-t-elle pas son papa et sa maman dans un omnibus ! — et dans la plus profonde débine !! — elle me les amène, — je ne pouvais pas décemment jeter ces vieux-là dehors.

Il se trouve que l'un et l'autre possèdent des quantités de frères et de sœurs, mariés, suivant l'usage en vigueur, avec des hommes ou des femmes. — Ces hommes et ces femmes appartiennent à des agglomérations de familles dont les échantillons affichent une sainte horreur pour le célibat ; il s'ensuit de là une multiplication ridicule de frères et de sœurs, de beaux-frères et de belles-sœurs, mariés, celles-ci avec ceux-là, celles-là avec ceux-ci, — et toujours dans des conditions identiques.

Tout ce peuple vient dîner chez moi

et m'appelle son neveu ! — Dans cette
famille-là, par exemple, on n'aimait que

le bœuf, le bœuf aux choux.

e passais ma vie à cuisiner
du bœuf aux choux.

Ce n'étaient encore que des
roses, mais voilà la famille
du lapin qui fait connaissance

avec la famille du bœuf;

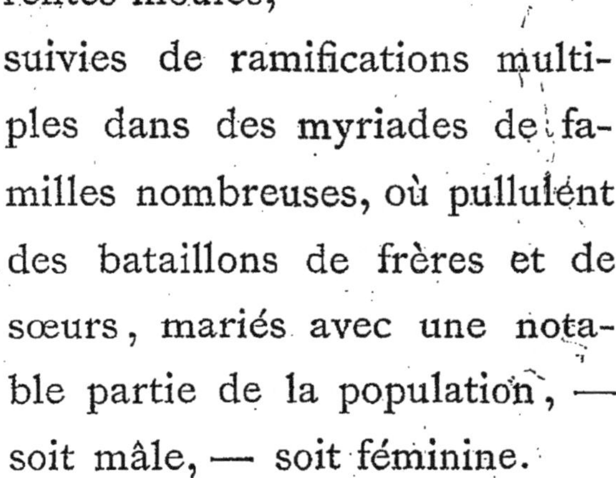

ils se décou-
vrent des pa-
rentés inouïes,
suivies de ramifications multi-
ples dans des myriades de familles nombreuses, où pullulént
des bataillons de frères et de
sœurs, mariés avec une nota-
ble partie de la population, —
soit mâle, — soit féminine.

Et tout cela vient dîner chez
moi !

Une émigration ! !

Un déluge ! ! !

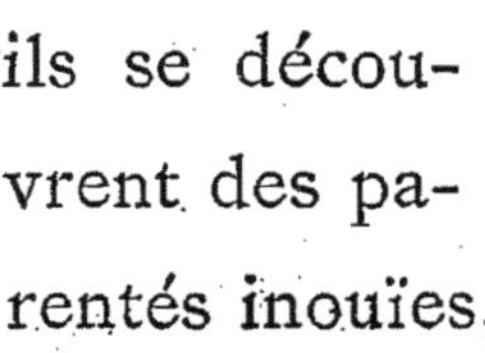

Il y en avait des gras, des
minces, des longs, des courts ! !

Il y avait des fruitiers, dse emballeurs, des savants, des artilleurs, des passementiers, des ambassa-

deurs, tout le Bottin !!!

Il m'en venait de la banlieue, de la province, de l'étranger, des deux Amériques ! — Les compagnies de chemin de fer organisaient des trains de plaisir pour me les ramene !! les paquebots leur faisaient des diminutions !!! on parlait d'établir un tramway à vapeur jusqu'à ma porte !!!...

Tout d'abord, je louais un bouillon Duval, mais cela ne suffisait plus ; j'entrais en relations avec le patron d'un établissement renommé à juste titre — AUX REGRETS AF-

FECTUEUX — derrière le Père Lachaise —

Noces et Festins. Bal tous les lundis.

Je retiens le grand salon : — deux mille couverts. — Je fais disposer quatre rangées de tables, en hauteur, les unes sur les autres ; alors je réunis tout mon monde.

Lorsqu'ils ont été bien en train de manger, qui leur lapin, qui leur bœuf, j'ai couru chez le commissaire de police du quartier, je lui ai dit :

— Monsieur, je viens vous dénoncer une bande de faux-monnayeurs ; ordinairement, ils se réunissent sous la Seine, mais, pour l'instant, ils dînent à côté.

— Ce fonctionnaire m'a répondu : — Monsieur, je suis à vous, laissez-moi

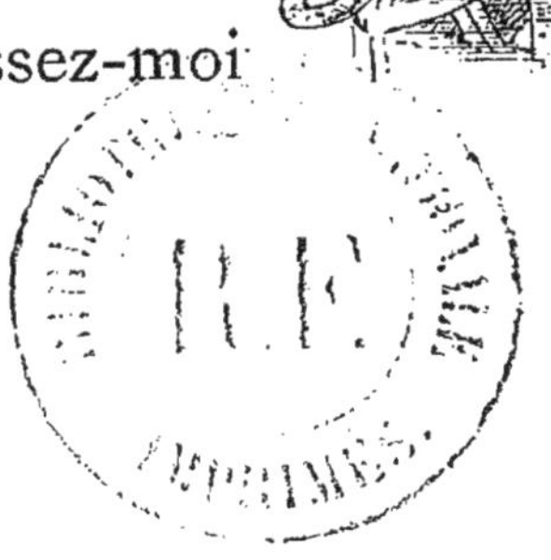

le temps de prendre mon écharpe et un régiment.

On a cerné l'établissement et l'on a pincé mes convives.

Il a fallu réquisitionner treize stations  de fiacres, deux cent dix-sept tapissières de déménagement et toutes les voitures à bras du quartier pour

mener ma famille à la préfecture.

Pour moi, c'est fini — je n'en veux plus,
j'en ai assez. — Ce soir, je prends le train,

puis le paquebot, et
je file au pôle nord,
patrie des ours blancs,
seul endroit de ce mon-
de où je ne possède ni oncle ni tante.

www.ingramcontent.com/pod-product-compliance
Ingram Content Group UK Ltd.
Pitfield, Milton Keynes, MK11 3LW, UK
UKHW021158230726
13926UKWH00001B/165